LAGARTOS AMIGOS

PAT JACOBS

Traducción de Santiago Ochoa

Crabtree Publishing
crabtreebooks.com

Crabtree Publishing

crabtreebooks.com 800-387-7650
Published by Crabtree Publishing Company in 2021

Author: Pat Jacobs
Editorial director: Kathy Middleton
Editor: Victoria Brooke
Translation to Spanish: Santiago Ochoa
Edition in Spanish: Base Tres
Cover and interior design: Dynamo
Prepress technician: Tammy McGarr
Print coordinator: Candice Campbell

Hardcover 978-0-7787-8446-3
Paperback 978-0-7787-8468-5
Ebook (pdf) 978-1-4271-2668-9

Library and Archives Canada Cataloguing in Publication

Title: Lagartos amigos / Pat Jacobs ; traducción de Santiago Ochoa.
Other titles: Lizard pals. Spanish
Names: Jacobs, Pat, author. | Ochoa, Santiago, translator.
Description: Series statement: Mascotas amigas | Translation of: Lizard pals. | Includes bibliographical references and index. | Text in Spanish.
Identifiers: Canadiana (print) 20200292560 | Canadiana (ebook) 20200292595 | ISBN 9780778784463 (hardcover) | ISBN 9780778784685 (softcover) | ISBN 9781427126689 (HTML)
Subjects: LCSH: Lizards as pets—Juvenile literature. | LCSH: Lizards—Behavior—Juvenile literature.
Classification: LCC SF459.L5 J3318 2021 | DDC j639.3/95—dc23

Published in Canada
Crabtree Publishing
616 Welland Avenue
St. Catharines, Ontario
L2M 5V6

Published in the United States
Crabtree Publishing
347 Fifth Avenue
Suite 1402-145
New York, NY 10016

Photographs
Shutterstock: front cover, p. 7 (top right), 8 (bottom), 8–9 (top), 9 (center left), 14 (bottom right), 16 (center left), 17 (crickets, cockroaches, apples), 19 (top and bottom), 20 (left), 20–21 (top), 21 (center), 22 (center and bottom left), 23 (bottom)
All other images courtesy of Getty Images iStock

Printed in the U.S.A./CP072026

Library of Congress Cataloging-in-Publication Data

Names: Jacobs, Pat, author.
Title: Lagartos amigos / Pat Jacobs ; traducción de Santiago Ochoa.
Other titles: Lizard pals. Spanish
Description: New York : Crabtree Publishing Company, 2021. | Series: Mascotas amigas | Title from cover.
Identifiers: LCCN 2020031742 (print) | LCCN 2020031743 (ebook) | ISBN 9780778784463 (hardcover) | ISBN 9780778784685 (paperback) | ISBN 9781427126689 (ebook)
Subjects: LCSH: Lizards as pets--Juvenile literature. | Pets--Juvenile literature.
Classification: LCC SF459.L5 J3318 2019 (print) | LCC SF459.L5 (ebook) | DDC 639.3/95--dc23

ÍNDICE

TU LAGARTO: DE LA CABEZA A LA COLA

Los lagartos son **reptiles** de sangre fría. Esto significa que en lugar de usar la comida como combustible para mantenerse calientes, como hacen los **mamíferos**, dependen del calor de la luz solar para aumentar su temperatura corporal. Las criaturas de sangre fría están activas cuando hace calor y se mueven lentamente cuando hace frío.

Lengua: Los lagartos «huelen» con su lengua, sacándola para atrapar **partículas** de olor. Un **órgano** en el paladar de su boca detecta los químicos en las partículas de olor.

Orejas: Los lagartos no tienen orejas externas, solo tienen una abertura redonda. Escuchan en busca de **depredadores** y corren a cubrirse al menor sonido.

Dientes: Los dientes de la mayoría de los lagartos siguen creciendo toda su vida. Si pierden los dientes, ¡les crecen otros nuevos!

Cola: Muchos lagartos tienen un punto débil en su cola, así que si es atrapado por un depredador, el lagarto puede huir, y dejarla atrás.

DATOS SOBRE LOS LAGARTOS

Los gecos son lagartos pequeños con algunas características inusuales. A diferencia de otros lagartos que están activos durante el día, la mayoría de los gecos son **nocturnos**.

- Los lagartos ven la luz **ultravioleta (UV)**, por lo que perciben el mundo de manera diferente y ven colores y patrones que son invisibles para nosotros. Esto les ayuda a reconocer a otros lagartos y a sus **presas**.
- Los reptiles de sangre fría comen menos que los mamíferos de sangre caliente porque no queman energía para mantener la temperatura. Por lo tanto, pueden vivir en lugares donde es difícil encontrar comida, como los desiertos, y sobrevivir sin comer durante largos períodos.

Voz: Los gecos son los únicos lagartos que se comunican mediante el sonido. Chirrían y se chasquean entre sí, y gritan si están asustados.

Patas: Muchos gecos tienen almohadillas en los dedos, cubiertas con pelos pequeños que crean una fuerza similar a la **electricidad estática**. Esto hace que sus patas se peguen a las superficies y les permitan trepar, ¡como el Hombre Araña!

Ojos: La mayoría de los gecos no tiene párpados. Se limpian los ojos lamiéndolos con la lengua.

LOS MEJORES LAGARTOS PARA PRINCIPIANTES

Los lagartos se encuentran en todos los continentes excepto en la Antártida, por lo que cada especie tiene necesidades diferentes en cuanto a temperatura, **humedad** y comida. Asegúrate de saber exactamente cómo cuidar a tu mascota antes de llevarla a casa.

Los **gecos crestados** viven en los árboles, por lo que para sentirse en casa necesitan un espacio alto con ramas y hojas. Pueden ser alimentados con un polvo para reemplazar la comida, lo cual es bueno para los dueños que no quieren lidiar con bichos vivos.

Los **gecos leopardo** vienen en muchos colores. A diferencia de la mayoría de los gecos, no tienen almohadillas pegajosas en los dedos, por lo que se mueven lentamente y son fáciles de manipular. Viven en el suelo y comen insectos vivos: grillos, langostas, gusanos de cera y gusanos de seda.

Los **dragones barbudos** son amigables y fáciles de domesticar. Necesitan un tanque grande con una temperatura alta. Comen insectos, gusanos, ratones bebé, vegetales y frutas.

Los **gecos africanos de cola gorda** provienen de África occidental y son mascotas mansas y fáciles de manipular. Comen grillos vivos, langostas, gusanos de harina y gusanos de cera, y también disfrutan de comida en lata para perros o de ratones bebé descongelados.

Los **Uromastyx** son lagartos herbívoros de Oriente Medio y África. Necesitan recintos muy calientes con un lugar agradable para **escarbar**, y pueden ser difíciles de manipular. Elige una especie más pequeña, pues algunos se vuelven muy grandes y sus colas pueden ser peligrosas.

Los **lagartos de lengua azul** son lagartos grandes que necesitan mucho espacio. Estas mascotas de buen carácter comen vegetales, frutas, flores, carne cocida e insectos. Vienen de Australia e Indonesia, y usan su lengua azul para asustar a los depredadores.

Los **anoles verdes** son pequeños y activos lagartos del sureste de Estados Unidos. Cambian de color de marrón a verde. Comen insectos y no les gusta que los agarren.

IGUANAS, MONITORES GRANDES Y CAMALEONES

Las iguanas y los lagartos monitores de tamaño completo son mascotas inteligentes e inusuales, que rápidamente se hacen muy grandes. Pueden volverse **agresivos** a medida que envejecen, y sus garras afiladas, su cola fuerte y su mordedura poderosa pueden causar heridas graves. Los camaleones son fascinantes, pero no son las mascotas ideales. No les gusta que los agarren y necesitan un recinto grande en perfectas condiciones, o pueden estresarse y morir.

ENCUENTRA A TU MASCOTA PERFECTA

Los lagartos son individuos con diferentes personalidades. Son criaturas inteligentes que pueden aprender y desarrollar buenas relaciones con sus dueños. Los dragones barbudos son muy amigables y a menudo les gusta sentarse en el regazo u hombro de su dueño.

DIETAS DIFERENTES

Muchos lagartos son insectívoros, lo que significa que deben comer insectos vivos. Si no quieres una tina de gusanos ondulados en tu refrigerador, o una caja de grillos vivos alrededor, considera un geco crestado, un Uromastyx o un esquinco.

CHEQUEO DE LA SALUD

- Los lagartos deben estar activos y alertas cuando los manipulas.
- Las costillas o huesos de la cola no deben ser visibles.
- Su piel debe estar limpia, sin rasguños, mordeduras o llagas en la nariz.
- Revisa si tiene ácaros. Parecen pequeñas manchas negras o naranjas en movimiento en la cabeza, cuello o vientre.

PIENSA EN EL COSTO

El hogar natural de un lagarto es muy diferente al nuestro, y crear un ambiente seguro y confortable para ellos puede ser costoso. Cuanto más grande sea el lagarto, más dinero tendrás que gastar en un tanque y otros equipos, así que contempla qué tan grande crecerá tu mascota. El costo de mantener un tanque caliente también aumenta el gasto. Si el espacio es limitado y quieres comprar un tanque pequeño, un geco o un anole verde son una buena opción.

GUÍA DE PROMEDIO DE VIDA

Los lagartos son mascotas que viven mucho tiempo y siguen creciendo durante toda su vida. Esta es una guía de cuánto tiempo podría vivir tu lagarto y el tamaño que podría alcanzar.

Lagarto	Esperanza de vida	Longitud máxima
Dragón barbudo	Hasta 10 años	2 pies (60 cm)
Anole verde	Hasta 8 años	8 pulgadas (20 cm)
Geco leopardo	Hasta 20 años	10 pulgadas (25 cm)
Esquinco de lengua azul	Hasta 20 años	2 pies (60 cm)
Dragón de agua chino	Hasta 15 años	3 pies (90 cm)
Uromastyx	Hasta 15 años	2 pies (60 cm)
Geco crestado	Hasta 20 años	8 pulgadas (20 cm)
Geco africano de cola gorda	Hasta 25 años	9 pulgadas (23 cm)

LOS LAGARTOS SON SOLITARIOS

Los lagartos se sienten felices viviendo solos. Ven a sus compañeros de tanque como rivales por la comida y por el mejor lugar para **asolearse**. Los machos nunca deben mantenerse juntos ya que pueden pelear. Si mantienes una pareja mixta, puedes terminar con más lagartos de los que puedes albergar, y podría ser difícil encontrar hogares para bebés no deseados.

Elige un lagarto que haya nacido en **cautiverio**. Los que han sido sacados de la naturaleza serán más difíciles de **domesticar** y a menudo están infectados con **parásitos**.

PREPARÁNDOTE

Investiga cómo vive tu lagarto en la naturaleza para poder crear el hogar perfecto para tu nuevo amigo. Tomará tiempo preparar el tanque y comprobar que todo funcione, así que no lleves a tu mascota a casa hasta que esté todo listo.

SUELO

El **sustrato** ideal para los reptiles absorbe el líquido y controla los olores, pero los expertos están a menudo en desacuerdo sobre qué tipo es el mejor. Los materiales sueltos, como la arena o las bolitas, pueden ser ingeridos junto con la presa y causar **impactación**, que es un problema de salud común. La alfombra para reptiles evita este riesgo, pero no es muy absorbente y necesita un lavado regular. El papel o las toallas de cocina son baratos y convenientes, pero no se ven tan naturales.

ESPACIO PARA CRECER

Un tanque debe ser lo bastante grande para que tu lagarto quepa cuando haya crecido por completo, así que averigua su tamaño máximo de adulto. Los lagartos que viven en el suelo, como los gecos leopardo y los esquincos de lengua azul, necesitan un tanque largo y ancho, mientras que los trepadores, como los gecos crestados, son más felices en un recinto alto y con muchas ramas. Los tanques de vidrio o plástico deben tener una tapa de malla metálica para que tus mascotas tengan un poco de aire fresco.

LA MASCOTA HABLA

Si usas material suelto en el piso de mi jaula, podría tragarlo por error cuando estoy comiendo, así que por favor pon mi comida en un tazón.

EQUIPANDO EL TANQUE

Los lagartos se sienten más seguros si tienen lugares para esconderse, como lo harían en la naturaleza para mantenerse a salvo de los depredadores. Deberás colocar un escondite en el lado cálido del tanque y uno donde esté más fresco (aprende más sobre esto en la página 12). Necesitan un lugar cómodo para asolearse, como una roca o una rama debajo de la lámpara de calor, y otro en la parte más fría del tanque.

CASCADAS

Algunos lagartos no beben agua de un tazón y necesitan una fuente de agua en movimiento, como una cascada. Estas son atractivas adiciones a un tanque y ayudan a aumentar la humedad.

EQUIPO ESENCIAL

Recrear el entorno natural del lagarto en su nuevo hogar es esencial para su supervivencia. Diferentes especies necesitan diferentes condiciones, así que comprueba la temperatura, la humedad y el nivel de luz UV perfectos para tu mascota.

CALEFACCIÓN

Los lagartos toman el sol, por lo que una lámpara de calor con un protector, controlada por un termostato, es la fuente más natural de calor para tu mascota. Las alfombras de calor pueden romper los tanques y quemar a tu lagarto. El tanque debe tener un lado caliente y un lado frío, para que tu mascota pueda moverse y encontrar el lugar perfecto. Los lagartos están acostumbrados a las noches frías en la naturaleza, por lo que puedes usar un temporizador y apagar la lámpara de calor por la noche.

LUZ ULTRAVIOLETA

La luz ultravioleta es parte de la luz del sol, pero no puede atravesar el vidrio o el plástico, así que necesitas una lámpara UV dentro del recinto de tu mascota. La luz UV se divide en los tipos A, B y C. La luz UVA permite a los lagartos ver marcas en su presa que son invisibles sin ella, lo que los anima a alimentarse. La luz UVB produce **vitamina D3** en la piel, lo que mantiene fuertes los huesos del lagarto. Incluso los gecos nocturnos se benefician de la luz UV en las primeras horas de la mañana y en las últimas de la noche.

HUMEDAD

Algunos lagartos viven en bosques húmedos y otros vienen de desiertos secos. El aire demasiado húmedo o demasiado seco puede poner en peligro la vida de tu mascota. Examina la tabla de esta página y consigue un **higrómetro** para medir el nivel de humedad del interior del tanque. Puedes aumentar la humedad rociando el recinto con un atomizador una o dos veces al día. También ayuda colocar un plato vasto y poco profundo, lleno de agua, en la parte caliente del tanque, o cambiando el sustrato por algo que absorba la humedad, como la corteza de árbol.

Lagarto	Humedad	Temperatura del tanque	Zona para asolearse
Geco leopardo	40–60%	74–80°F (23–27°C)	87–90°F (30–32°C)
Geco crestado	70–80%	75°F (24°C)	80°F (27°C)
Geco africano de cola gorda	Más de 50%	80°F (27°C)	90°F (32°C)
Dragón barbudo	35–40%	85°F (29°C)	95–110°F (35–43°C)
Uromastyx	Menos de 35%	80–100°F (27–38°C)	120°F (49°C) o más
Esquinco de lengua azul	30–45%	75–82°F (24–28°C)	90–100°F (32–38°C)
Anole verde	60–70%	75–80°F (24–27°C)	85–90°F (29–32°C)
Dragón de agua chino	70–80%	75–80°F (24–27°C)	90–95°F (32–35°C)

LLEVANDO TU LAGARTO A CASA

Ahora que has creado el hogar perfecto para tu lagarto, es hora de llevar a tu amigo escamoso a casa. Estar preparado ayudará a que el viaje de tu mascota y la introducción a su tanque sean lo menos estresante posible.

PREPARANDO EL TANQUE

Coloca un tazón de agua fresca en el tanque antes de que tu lagarto llegue a casa y asegúrate de que la temperatura del recinto sea la adecuada para tu mascota. A su llegada, pon el contenedor de transporte en el tanque, cerca del agua, y ábrelo. Deja que tu lagarto salga a su ritmo. Apaga la lámpara de calor durante la primera hora para que tu mascota tenga la oportunidad de adaptarse, luego enciende la lámpara y retira el contenedor de transporte.

EL VIAJE A CASA

Viajar con un reptil es más complicado que transportar a otras mascotas, ya que debes mantener estable la temperatura de tu lagarto durante el viaje. En condiciones climáticas extremas, puede necesitar paquetes de calor y **aislamiento** como una manta, o paquetes de frío si hace calor. Tu lagarto probablemente estará en una caja de plástico transparente. Si es así, cubre la caja con una toalla, ya que tu mascota estará más tranquila en la oscuridad.

DALE UN POCO DE ESPACIO A TU MASCOTA

No intentes domar a tu nuevo lagarto durante al menos dos semanas. Durante este tiempo, deja que tu mascota te conozca. Debes estar atento a cualquier señal de estrés o de mala salud, como esconderse o no comer. Los ruidos repentinos asustarán a tu lagarto, así que trata de no hacer ruido alrededor de su tanque. A los reptiles les gusta la rutina, así que es una buena idea visitar a tu mascota a la misma hora cada día.

ALIMENTANDO A TU NUEVO AMIGO

Averigua cuándo fue la última vez que tu lagarto comió, qué está acostumbrado a comer y con qué frecuencia se alimenta. Asegúrate de tener comida para tu mascota para los próximos días, pero deja que se instale antes de empezarla a alimentar.

LA MASCOTA HABLA

Mudarme a una nueva casa es estresante para mí. Necesitaré mucho tiempo para instalarme.

HORA DE COMER

¡A los lagartos les encanta comer! Si sigues un horario de alimentación regular, tu lagarto se emocionará cuando te vea llegar.

COMIDA LIBRE DE INSECTOS

No todos los lagartos necesitan comer insectos. Los Uromastyx son vegetarianos, y los gecos crestados pueden ser alimentados con un polvo especial para reemplazar la comida. Para un lagarto de lengua azul, la carne debe constituir un tercio de su dieta, pero puedes darle comida para perros de buena calidad, caracoles enlatados o pollo cocido. ¡Incluso comerán huevos duros!

ALIMENTARLO CON PRESAS VIVAS

Tal vez no te guste alimentar a tu mascota con insectos y gusanos, pero atrapar presas vivas es parte del comportamiento natural de muchos lagartos. También hace que sus vidas en cautiverio sean más felices. Usa tenazas o pinzas para manipular cualquier presa viva si no quieres tocarla. No le des a tu lagarto más insectos de los que pueda comer. Cualquiera que quede en el tanque esparcirá bacterias y podría morder los dedos, la cola o los párpados de tu mascota.

CONVIÉRTETE EN UN CUIDADOR DE GRILLOS

Los grillos pueden morir si no se los das de inmediato a tu mascota, pero puedes mantenerlos vivos en una caja de plástico grande y profunda con muchos agujeros pequeños de aire en la tapa. Coloca cajas de huevos y tubos de cartón en la caja y añade la tapa de un frasco llena de bolas de algodón húmedas para que los grillos tengan algo de beber. Puedes comprar comida especial para grillos que los haga aún más nutritivos para tu lagarto. También puedes alimentarlos con avena y vegetales. Algunos grillos se esconden en los tubos, por lo que puedes deslizarlos en una bolsa plástica cuando quieras alimentar a tu mascota. Las cucarachas Dubia pueden ser mantenidas de la misma manera.

VITAMINAS VITALES

La dieta de tu mascota es menos variada que la de un lagarto salvaje, por lo que necesitará más **calcio** y vitaminas para mantenerse sana. La mayoría de los propietarios las obtienen espolvoreando a la presa con un polvo especial antes de alimentar a sus mascotas. Pon un poco de polvo en una bolsa plástica, agrega los insectos vivos, sacude la bolsa para cubrirlos con el polvo y viértelos en el tanque de tu mascota.

LA MASCOTA HABLA

Necesito comer frutas, vegetales y también insectos, de otra forma podría enfermarme.

No alimentes a tu lagarto con insectos salvajes, ya que pueden haber sido rociados con **pesticidas** y ser portadores de enfermedades. Evita darles aguacate, lechuga, espinaca, frutas cítricas o ácidas y ruibarbo.

CUIDANDO A TU LAGARTO

Es importante asegurarte de que tu lagarto se mantenga lo más sano posible. Examina la temperatura y la humedad de su recinto cada día, asegúrate de que las luces UV funcionen y limpia el tanque.

LIMPIEZA PROFUNDA

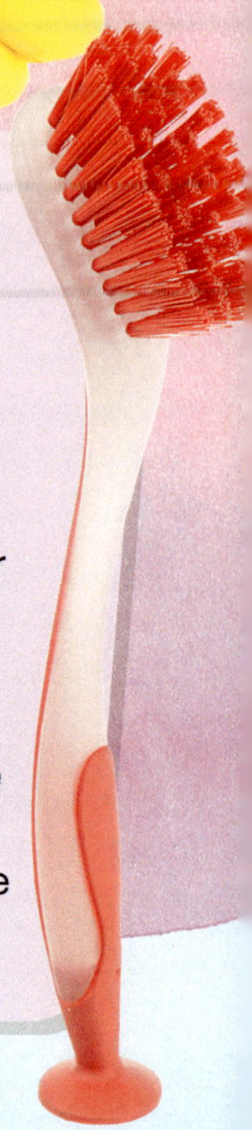

Para matar a las **bacterias**, el tanque y todo lo que hay en él debe limpiarse a fondo cada pocas semanas. Un pequeño tanque de almacenamiento es útil para mantener a tu mascota a salvo mientras limpias. Usa un limpiador para reptiles o haz el tuyo usando 1 cucharada (15 ml) de líquido para lavar platos, 2 cucharadas (30 ml) de cloro y 4 tazas (1 litro) de agua. Usa guantes de hule mientras limpias, y enjuaga todo concienzudamente. Deja secar el tanque antes de meter de nuevo a tu mascota.

MANTENIMIENTO DIARIO

Mantener limpio el tanque de tu lagarto lo convierte en un lugar más saludable para tu mascota y evita que el tanque huela mal. Los lagartos no son mascotas con mal olor, pero los restos de comida se pudren y producen olores. Debes limpiar las zonas sucias del tanque todos los días, sacar la comida que no se ha consumido y los excrementos, limpiar los tazones de agua y añadir agua fresca.

Los gecos leopardo hacen caca en un rincón del tanque, así que puedes poner un triángulo de papel toalla allí para una limpieza fácil y rápida.

ROCIADO

Algunos lagartos, como los gecos, se benefician al ser rociados con agua una vez al día. Asegúrate de que el agua no esté demasiado fría, y rocíalos suavemente, así su piel estará húmeda pero no goteando.

BAÑANDO A TU LAGARTO

Algunos dueños bañan a sus lagartos cada semana, lo que ayuda a mantenerlos **hidratados**. Si tu mascota ha mudado su piel hace poco y quedan algunos parches, los baños pueden ayudar a eliminarlos. Debes sentir la temperatura del agua caliente en tus muñecas. ¡Dale a tu lagarto agua fresca de antemano para que no beba agua sucia del baño! Nunca bañes a los lagartos anoles.

LA MASCOTA HABLA

Por favor, nunca me dejes solo al bañarme. Podría escapar o lastimarme.

CHEQUEO DE SALUD

Sucede con frecuencia que los lagartos no muestran señales de enfermedad hasta que llevan algún tiempo enfermos, por lo que debes llevar a tu mascota al veterinario si deja de comer con regularidad, tiene más sed de lo normal, empieza a esconderse todo el tiempo o si alguna parte de su cuerpo está hinchada.

IMPACTACIÓN

Si tu lagarto deja de comer y defecar, podría tener el intestino bloqueado. Esto se llama impactación y puede ser mortal. Intenta solucionarlo sumergiendo al lagarto hasta los hombros en agua tibia por unos 20 minutos. Masajea suavemente su estómago de adelante hacia atrás durante este tiempo, y cambia el agua si se enfría. Si no sale ningún excremento, llévalo al veterinario.

CAUSAS DE LA IMPACTACIÓN

Estas son algunas causas de la impactación y cómo evitarlas.

No tiene agua suficiente. En la naturaleza, los lagartos a menudo obtienen agua lamiendo el rocío de las hojas, y no todos beberán de un tazón. Si tu lagarto no toma agua, intenta rociarlo varias veces al día para que pueda lamer las gotas de su cuerpo.

La comida inapropiada. Los **omnívoros**, incluyendo los dragones barbudos y los esquincos, necesitan comer vegetales y frutas con alto contenido de fibra, así como insectos. Los insectívoros, como los gecos, no deben comer demasiados gusanos de harina, pues son difíciles de **digerir**. Los lagartos jóvenes no deben comer alimentos duros, como grillos negros (de campo).

El suelo equivocado. La arena y las bolitas pueden causar una obstrucción si el lagarto los traga, por lo que debes colocar un piso sólido en el tanque, como una alfombra o papel.

Parásitos. Las tenias o ascárides pueden causar bloqueos. Es posible que puedas verlas en los excrementos de tu lagarto.

PESO

Los lagartos almacenan grasa en sus colas, por lo que una cola más delgada es a menudo la primera señal de que tu mascota está perdiendo peso. Esto puede ser un síntoma de una enfermedad grave. El sobrepeso es igual de peligroso. Pesa a tu mascota con regularidad para que puedas detectar cualquier pérdida o aumento de peso lo antes posible.

PÉRDIDA DE LA COLA

Algunos lagartos pierden la cola si son atacados. La cola sigue retorciéndose, lo que distrae al depredador mientras el lagarto escapa. Los lagartos mascota, incluyendo a los esquincos y a los gecos, pueden perder la cola si son agarrados o pisados. La cola volverá a crecer, pero suele ser más corta y de un color diferente. Después de la pérdida de la cola es importante mantener el tanque del lagarto especialmente limpio, para que haya menos posibilidades de **infección**. También es importante alimentarlo bien, ya que la mayor parte de la grasa de un lagarto se almacena en su cola.

SALMONELA

Los reptiles pueden ser portadores de una bacteria llamada salmonela. No los afecta, pero causa trastornos estomacales en los humanos y es muy peligrosa para los bebés y los niños pequeños. Por esta razón, lávate siempre las manos después de tocar a tu lagarto. Mantenlo fuera de los lugares donde se prepara comida o de donde se come.

ENTENDIENDO A TU LAGARTO

Aprender más sobre los lagartos y su comportamiento natural te ayudará a entender a tu lagarto para que puedas darle el mejor cuidado posible.

MUDANDO LA PIEL

A medida que un lagarto crece, su piel no crece con él. Más bien, muda de piel. Cuando tu mascota esté a punto de mudar, se verá de un color más opaco y puede negarse a comer. Es probable que esté muy malhumorado, así que es mejor no manipularlo en ese momento. Asegúrate de que haya ramas u otras superficies rugosas en el tanque que tu mascota pueda usar para retirar la piel suelta, y dale un tazón de agua poco profundo para que se empape. Nunca intentes arrancar los trozos de piel que se le han quedado pegados porque podrías rasgar la piel nueva y delicada que hay debajo.

MASCOTA DIURNA O NOCTURNA

La mayoría de los lagartos están despiertos durante el día y duermen de noche, pero los gecos son nocturnos o **crepusculares**. Si quieres pasar tiempo con tu mascota por la noche, un geco es una buena opción; de lo contrario, elige un lagarto como el dragón barbudo, pues está activo durante el día.

LENGUAJE CORPORAL

El comportamiento de tu lagarto es una pista de lo que está pensando. Un lagarto que no quiere que lo toquen, se hinchará, abrirá mucho la boca, clavará sus garras en ti o intentará morderte. También puede retorcerse, azotar su cola o silbar. Si tu mascota es normalmente dócil y realiza estas acciones, puede estar enferma o con dolor o sentirse malhumorada porque está a punto de perder su piel. Cuando una lagartija se paraliza de repente, probablemente es porque está asustada. El lagarto espera no ser visto al quedarse quieto.

BRUMACIÓN

La brumación es la versión reptil de la **hibernación**. En la naturaleza, los lagartos como los dragones barbudos hacen la brumación para evitar el frío y la falta de comida en invierno. Aunque los lagartos mascota no tienen motivos para hacer esto, sus instintos a veces les dicen que deben hacerlo. Durante este tiempo, pueden esconderse en la parte más oscura de su recinto y no moverse, comer o beber durante varias semanas. Tu dragón puede levantarse a tomar agua de vez en cuando, pero no le des comida porque no podrá digerirla.

LA MASCOTA HABLA

Me como mi vieja piel cuando la mudo para que los depredadores no la encuentren y vengan a buscarme.

DOMESTICANDO A TU MASCOTA

Los lagartos son animales salvajes con muchos depredadores, por lo que es natural que se pongan nerviosos cuando se acerca una criatura de tamaño humano. Cuanto más joven sea el lagarto, más fácil será domesticarlo, pero aun así necesitarás mucha paciencia, ya que pueden pasar meses antes de que tu mascota se sienta cómoda al ser manipulada.

EL CAMINO AL CORAZÓN DE UN LAGARTO

Comienza a vincularte con tu mascota alimentándola. Primero pon la comida en el tanque y luego, cuando tu mascota comience a asociarte con una golosina sabrosa, usa pinzas o tenazas para alimentarla directamente. Una vez que tu lagarto se acerque a tomar la comida de ti, intenta alimentarla con tu mano. No toques a tu mascota en esta etapa, si intentas tocar a tu lagarto antes de estar listo, las cosas irán más despacio.

DEJA QUE TU LAGARTO HAGA EL PRIMER MOVIMIENTO

El siguiente paso es meter tu mano en la jaula y dejar que el lagarto vaya a ti. Lávate las manos primero si has tocado su comida, de lo contrario podría morderte por error. Si tu mascota está lista, comenzará a explorar tu mano y podría incluso trepar por tu brazo. Acércate siempre a tu mascota en un momento del día en que esté activa de manera natural. Ningún animal es feliz cuando acaba de despertarse de un sueño profundo.

LA MASCOTA HABLA

Podría asustarme si de repente me agarras desde arriba porque eso es lo que hacen las aves de rapiña.

AGARRANDO A TU MASCOTA

Habrá momentos en los que tendrás que agarrar a tu lagarto. Si no se sube a tu mano, la mejor manera de agarrarlo es mantener tu mano plana con los dedos juntos. Luego coloca tu mano sobre el lomo del lagarto y enrosca tus dedos y el pulgar alrededor de su cuerpo. Puede ser más fácil agarrar a un lagarto grande con una funda de almohada.

GRANDES CONSEJOS

¡Sigue estos consejos prácticos para entablar una gran amistad con tu lagarto!

- Aunque tu lagarto debería conocer a toda la familia, es mejor que una sola persona trate de domesticarlo al principio.
- Asegúrate de que la habitación sea a prueba de lagartos siempre que esté abierta. Los lagartos se mueven muy rápido y pueden escapar fácilmente.
- Nunca agarres a un lagarto por la cola. Algunos lagartos pueden separarse de su cola si son atrapados por un depredador, por lo que podría romperse.
- Algunas personas dicen que poner algo que han usado en el tanque de su lagarto, como un calcetín, les ayuda a acostumbrarse a su olor.
- Lávate siempre las manos antes y después de manipular a tu mascota.
- Una vez que tu lagarto esté domesticado, debes seguir pasando tiempo con él, de lo contrario se olvidará de ti.

CREA UN HOGAR GENIAL PARA TU MASCOTA

En la naturaleza, un lagarto tiene mucho qué hacer para mantenerse ocupado, así que debes tratar de hacer que su recinto sea lo más interesante posible, o podría aburrirse.

ROCAS DECORATIVAS

Las rocas le dan a tu tanque un aspecto natural y absorben el calor. Elige rocas sin bordes afilados y límpialas con un cepillo duro, luego hiérvelas en agua durante 30 minutos. No amontones las rocas una encima de la otra porque si llegaran a caerse podrían lastimar a tu lagarto.

TREPAR Y ESCONDERSE

Las ramas son excelentes para trepar, asolearse y esconderse, y tu lagarto puede frotarse contra ellas para eliminar manchas rebeldes de la piel cuando está mudando. Si recoges madera de la naturaleza, quita la corteza y lava la rama en agua. Sécala bien y hornéala por 30 minutos. Esto matará cualquier bicho, huevo o bacteria que pueda lastimar a tu mascota.

PLANTAS

Una planta viva hace que un tanque se vea más natural y a la vez ayuda a aumentar la humedad y a mejorar la calidad del aire. Las plantas le dan a tu mascota un lugar para esconderse y trepar, y a algunos lagartos les gusta lamer el agua de las hojas. Las plantas adecuadas incluyen el amate, la cuna de Moisés, la cinta, la begonia, el enebro y las palmeras pequeñas. Las plantas artificiales también son útiles para esconderse y trepar y puedes lavarlas, pero ten cuidado, pues los lagartos jóvenes pueden confundirlas con las reales y tragarse un trozo de plástico.

HAZ UNA HAMACA PARA QUE TOME EL SOL

Necesitarás:

- una tela cuadrada que encaje en la esquina del tanque al doblarse por la mitad en diagonal para hacer un triángulo. Deberá ser lo suficientemente grande para que tu lagarto se estire sobre ella.
- 3 ventosas redondas
- una cuerda delgada o un hilo fuerte

Dobla la tela por la mitad para hacer la forma de un triángulo. Ata las tres esquinas a las ventosas con la cuerda. Pega las ventosas a los lados del tanque de tu lagarto.

CUESTIONARIO SOBRE LAGARTOS

A estas alturas deberías saber muchas cosas sobre los lagartos. Pon a prueba tus conocimientos respondiendo a estas preguntas.

1 ¿Cómo se limpian los ojos la mayoría de los gecos?

a. Parpadeando
b. Con las patas
c. Con la lengua

2 ¿Cuál de estos lagartos es vegetariano?

a. Uromastyx
b. Geco leopardo
c. Anole verde

3 ¿Cuánto tiempo vive un geco crestado?

a. Hasta 8 años
b. Hasta 12 años
c. Hasta 20 años

4 ¿Qué mide un higrómetro?

a. El calor
b. La humedad
c. La luz

5 ¿Cuál de estos alimentos no es bueno para los lagartos?

a. Zanahoria
b. Aguacate
c. Brócoli

6 **¿Cuál de estos lagartos es nocturno?**

a. El dragón barbudo
b. El esquinco
c. El geco

7 **¿Por qué nunca debes agarrar a tu lagarto por la cola?**

a. Podría morderte
b. Su cola puede desprenderse
c. Le hará daño a tu mascota

8 **¿Qué es la brumación?**

a. El equivalente de la hibernación
b. Una enfermedad que afecta a los lagartos
c. El desprendimiento de la piel

9 **¿Cuál es la causa de la impactación en un lagarto?**

a. No hace suficiente ejercicio
b. No tiene suficiente agua
c. Está aburrido

10 **¿Por qué deberías sacar del tanque los insectos que no hayan sido comidos?**

a. Podrían morder a tu lagarto
b. Propagan las bacterias
c. Ambas

RESPUESTAS DEL CUESTIONARIO

1 **¿Cómo se limpian los ojos la mayoría de los gecos?**

c. Con la lengua

2 **¿Cuál de estos lagartos es vegetariano?**

a. El Uromastyx

3 **¿Cuánto vive un geco crestado?**

c. Hasta 20 años

4 **¿Qué mide un higrómetro?**

b. La humedad

5 **¿Cuál de estos alimentos no es bueno para los lagartos?**

b. El aguacate

6 **¿Cuál de estos lagartos es nocturno?**

c. El geco

7 **¿Por qué nunca debes agarrar a tu lagarto por la cola?**

b. Su cola podría desprenderse

8 **¿Qué es la brumación?**

a. El equivalente a la hibernación

9 **¿Cuál es la causa de la impactación en un lagarto?**

b. La falta de agua suficiente

10 **¿Por qué deberías sacar del tanque los insectos que no hayan sido comidos?**

c. Por ambas razones

APRENDE MÁS

LIBROS

Kalman, Bobbie. *What is a Reptile?* Crabtree Publishing, 2005.

Kroening, Greg. *The Everything Kids' Snakes, Lizards, and Other Scaly Creatures Book*. Everything, 2017.

Marsh, Laura. *National Geographic Readers: Lizards.* Libros infantiles de National Geographic, 2012.

GLOSARIO

agresivos: que pueden atacar

aislamiento: material utilizado para evitar que salga el calor y entre el frío

asolearse: tomar el sol

bacterias: cosas vivas microscópicas

calcio: producto químico que mantiene fuertes los huesos y los dientes

cautiverio: estar encerrado en un espacio, no poder estar en libertad

crepusculares: que están activos al amanecer y al atardecer

depredadores: animales que cazan y comen a otras criaturas

digerir: descomponer los alimentos y absorberlos en el cuerpo

domesticar: entrenar a un ser vivo para que sea amigable y gentil

electricidad estática: energía producida cuando dos objetos se frotan entre sí

escarbar: hacer un agujero o túnel

hibernación: cuando los animales pasan largos períodos dormidos durante el invierno

hidratados: que tienen suficiente agua en los cuerpos

higrómetro: instrumento que mide la humedad

humedad: cantidad de vapor de agua en el aire

impactación: obstrucción en el sistema digestivo

infección: enfermedad causada por los gérmenes

mamíferos: tipo de animales de sangre caliente que tienen columnas vertebrales y pelo o pelaje, como los gatos y los humanos

nocturnos: activos en la noche

omnívoros: seres vivos que comen plantas y animales

órgano: parte de una persona, planta o animal que realiza una función especial

parásitos: animales que viven en una criatura o encima y se alimentan de ella

partículas: pequeños trozos de materia que componen todo en el universo

pesticidas: químicos que matan a los insectos

presas: animales que son cazados por otros

reptiles: tipo de animales de sangre fría que tienen columnas vertebrales y pieles secas y escamosas, como las serpientes y los lagartos

sustrato: material, a menudo de grava o arena, que está sobre el piso de un tanque

ultravioleta (UV): parte de la luz solar que es invisible para los humanos, pero visible para los lagartos

vitamina D3: vitamina que se crea en el cuerpo por la luz del sol y ayuda a los animales a absorber el calcio

ÍNDICE ANALÍTICO